D1373847

Nous remercions le ministère du Patrimoine canadien,
la SODEC et le Conseil des Arts du Canada
de l'aide accordée à notre programme de publication

Patrimoine   Canadian
canadien   Heritage

Conseil des Arts   Canada Council
du Canada   for the Arts

ainsi que le Gouvernement du Québec
– Programme de crédit d'impôt
pour l'édition de livres
– Gestion SODEC.

Illustration de la couverture
et illustrations intérieures :
Daniela Zekina

Couverture :
Conception Grafikar

Édition électronique :
Infographie DN

Dépôt légal : 4e trimestre 2004
Bibliothèque nationale du Canada
Bibliothèque nationale du Québec

1234567890 IML 0987654

Le dernier voyage de Qumak

COLLECTION
PAPILLON

DE LA MÊME AUTEURE

Collection Safari
Épit et le géant, 2003.

Données de catalogage avant publication (Canada)

Mativat, Geneviève

    Le dernier voyage de Qumak

    (Collection Papillon; 107)
    Pour les jeunes de 9 ans et plus.

    ISBN 2-89051-911-2

    I. Titre II. Collection: Collection Papillon (Éditions
    Pierre Tisseyre); 107.

PS8576.A828D47 2004   jC843'.54   C2004-941540-9
PS9576.A828D47 2004

Le dernier voyage de Qumak

roman

Geneviève Mativat

**ÉDITIONS
PIERRE TISSEYRE**

5757, rue Cypihot, Saint-Laurent (Québec) H4S 1R3
Téléphone : (514) 334-2690 – Télécopieur : (514) 334-8395
Courriel : ed.tisseyre@erpi.com

1

Amaruk

Arctique québécois, 1944

Dans l'iglou, par la fenêtre de glace, Orituk regarde la silhouette de son époux qui glisse et s'efface en s'éloignant. Lentement, l'attelage et son maître disparaissent au loin. La banquise, balayée par le vent, retrouve toute sa quiétude. Seul l'écho des aboiements des chiens, ponctué de coups de fouet, trahit la présence de l'homme dans cette solitude gelée.

Orituk s'assoit auprès de son fils, qui câline un jeune chien. L'animal aux iris turquoise se laisse mollement manipuler par le garçon. Le gamin et la mère échangent un regard complice. Qumak fouille aussitôt les fourrures jonchant l'abri. Il s'empare d'une pochette de cuir qu'il tend à la jeune femme. Avec une joie enfantine, elle en retire un petit contenant de fer qu'elle remplit d'eau et met à chauffer au-dessus de la *lampe à graisse**.

— Papa n'aimera pas ça du tout, taquine le garçon en caressant son chien. Il déteste tout ce qui vient des Blancs. Il dit que les babioles de leurs magasins rendent l'*inuit** paresseux.

Quittant momentanément la flamme des yeux, la femme lève la tête. Ses grosses nattes sombres encadrent son visage rond, paré d'un sourire moqueur, flanqué de deux fossettes.

— Suvarak dit bien des choses... Ce récipient est solide comme la pierre, mais il est beaucoup plus léger. Vraiment, je ne vois pas ce qu'il y a de mal

---

* Les mots suivis d'un astérisque sont expliqués dans un lexique à la fin du volume.

à l'utiliser. Tous les hommes et femmes du village d'hiver buvaient le thé de cette manière... D'ailleurs, nos petites causeries du soir me manquent, soupire-t-elle. Je trouve un peu triste que nous devions toujours nous séparer au printemps. J'espère que l'ensemble des familles fait bonne route. Pour ma part, j'ai hâte que notre voyage vers le sud se termine. Je profiterai de notre séjour estival sur la côte pour cueillir des herbes parfumées et me faire de délicieux mélanges que je partagerai avec mes amies lorsque nous serons de retour au campement d'hiver. Quant à toi, tu devrais tirer avantage du voyage pour dresser cet animal. Il faut lui trouver un nom et en faire un bon coureur, sinon, tu ne pourras pas le garder, ajoute-t-elle.

Qumak gratte le ventre dodu et tiède de son compagnon, qui glapit de plaisir. Il réfléchit un instant.

— Je l'appellerai *Amaruk*, le loup!

Sitôt dit, sitôt fait; le gamin prend quelques affaires et rampe hors de l'iglou en serrant le chien contre sa poitrine. Dehors, la plaine immaculée s'étire à l'infini pour rejoindre le ciel à l'horizon. Qumak dépose Amaruk sur le sol. Au contact de la neige, le jeune chien pousse un jappement aigu et sautille d'une patte sur l'autre.

— Maman a raison, tu deviens beaucoup trop délicat…Il va falloir t'endurcir un peu, déclare le garçon en harnachant l'animal à une pierre.

Comme s'il avait compris, celui-ci se cambre et tire de toutes ses forces sur la charge. Ses petites pattes s'activent et ses griffes rayent le sol, soulevant une poussière de neige cristalline. Malgré ses efforts, la pierre est inébranlable. Qumak s'accroupit à quelques pas de son compagnon et lui tend les bras :

— Allez, Amaruk ! Tire ! Tu peux le faire !

Le chien halète. Sa truffe se couvre de givre. Il bondit vers l'avant, faisant rouler la pesée. Après quelques pénibles sauts, il retrouve son maître, qui le détache et le soulève de terre.

— Bravo ! crie Qumak. Bientôt tu feras partie de l'attelage. Quand je serai grand, tu mèneras ma meute ! Ensemble, nous deviendrons de grands chasseurs et l'on racontera nos exploits aux quatre coins de la banquise!

Soudain, Amaruk se met à grogner nerveusement. Le nez en l'air, il jappe dans le vide. Percevant un son étrange, le garçon dépose son ami par terre et tente de le rassurer en lui caressant les flancs. Une sorte de grondement s'amplifie rapidement au point d'envahir la plaine. Le jeune Inuit scrute les cieux, cherchant la source de ce tonnerre continu. Alertée, Orituk émerge de l'abri.

— D'où peut bien provenir ce bruit? sécrie-t-elle, les mains collées sur ses oreilles.

Tout à coup, entre ciel et terre, apparaît une forme mouvante semblable à celle d'un oiseau gigantesque planant à une vitesse vertigineuse.

— Qu'est-ce que cette bête? Comment peut-elle voler sans battre des ailes? interroge la mère, affolée.

Sa voix est enterrée par le vacarme qui s'intensifie et c'est à peine si elle entend son fils hurler:

— Un avion! Un avion! Maman... c'est un avion!

Qumak trépigne et fait de grands saluts à l'appareil, qui projette sur le

sol une ombre filante engloutissant la petite famille l'espace d'une seconde.

— Un avion... soupire la mère en le regardant s'éloigner.

— Oui! répète Qumak en pointant l'engin. Au village d'hiver, on nous avait bien dit que les Blancs possédaient des machines volantes!!!

— J'ai bien peur que tout cela ne fasse guère plaisir à ton père.

Après un dernier regard au ciel, Orituk fait la moue, avant de disparaître dans le tunnel d'accès de l'abri. Chacun retourne à ses corvées, jusqu'à la tombée du jour. Songeur, Qumak regarde le soleil céder peu à peu sa place aux étoiles. Sous la lumière astrale, la neige perd ses aveuglants scintillements et vire au bleu. Malgré la beauté calme qui l'entoure, l'enfant ne parvient pas à oublier l'appareil transperçant le firmament comme une flèche. Qui sont ces navigateurs du ciel? D'où viennent-ils et que chassent-ils parmi les nuages?

Amaruk se met à aboyer, tirant le garçon de sa rêverie.

— Imagine! Voler comme un canard! Ça doit être fantastique, lance le gamin,

qui court et tourbillonne autour du chien
excité, en faisant l'avion.

Étourdi, Qumak tangue en repre-
nant haleine. Ce faisant, il aperçoit le
traîneau de son père sur la banquise, à
quelques lieues de là. Il est plus rapide
que d'habitude. Le garçon grimace :

— Le *kamutik** est léger. La chasse
a dû être mauvaise... Papa sera d'hu-
meur massacrante. Il vaut mieux pré-
venir maman !

2

Suvarak

Comme il le fait toujours lorsqu'il est contrarié, Suvarak passe un long moment avec ses chiens, avant de rentrer dans l'iglou. Trapu et couvert d'un manteau de peaux de phoques, l'homme se confond presque avec sa meute. Usant de gestes précis, fruit de longues années d'expérience, le chasseur dételle chacune de ses bêtes. Les animaux puissants, aux profils de loups, ne résistent aucunement à leur maître. Tout en travaillant, ce dernier leur murmure de douces paroles emportées par le vent préservant le secret de cette amitié entre le prédateur et le chasseur.

Suvarak pénètre enfin dans l'iglou. À l'aide d'un petit peigne, il enlève la neige maculant son manteau et le dépose sur le séchoir, près de la lampe. Avec brusquerie, il laisse tomber trois carcasses de *lagopèdes**devant Orituk. Saisissant son couteau en demi-lune, Orituk les nettoie pendant que son époux, énervé, raconte.

— Les chiens ont longuement flairé la glace avant de trouver un trou. J'ai attendu des heures que le phoque vienne y respirer. Au moment où il remontait enfin vers moi, un fracas affreux a explosé dans l'air. Un avion a frôlé la banquise et le phoque s'est enfui.

— Nous l'avons vu, nous aussi! s'écrie Qumak. Il était fantastique et volait plus vite que l'éclair!

Le regard du père se durcit. Le garçon se tait.

— Sache que cet engin nous a coûté un bon repas, des peaux, de la graisse et les os que nous aurions tirés de ma proie !

— Ne le gronde pas, intervient Orituk. Ce n'est qu'un gamin. Il est normal qu'il soit impressionné par ces machines volantes. Quant à la chasse, elle sera meilleure demain.

— Peut-être, concède Suvarak. Mais que se passera-t-il si d'autres Blancs viennent noircir le ciel ? Avec tous ces *Kallunaat**, nous ne serons plus en paix nulle part ! Déjà, trop d'Inuits campent en permanence sur la *toundra**, près des Blancs et de leur *comptoirs de traite**. Ils se contentent de trapper le renard arctique en échange de fusils, de munitions, de vêtements…Bientôt, ils ne sauront même plus se fabriquer un simple hameçon…

Amaruk grogne. Orituk met fin au conflit en distribuant à tous un morceau de viande fraîche :

— Pour l'instant, mangeons ! ordonne-t-elle en fronçant les sourcils en direction de son époux.

Qumak avale sa part sans appétit. Gêné de s'être emporté, Suvarak tend ses doigts ensanglantés vers Amaruk, qui les lèche goulûment.

— Tu as bien pris soin de ton compagnon, dit-il à son fils. Il devient fort. Demain, nous le placerons dans l'attelage, derrière les vieux chiens qui lui apprendront à courir.

Qumak rayonne de joie. Sous l'œil attendri d'Orituk, le père et l'enfant se mettent à discuter du prochain entraînement d'Amaruk. La nuit encercle l'iglou. Dehors, la meute hurle à la lune voilée d'aurores boréales.

3

Le printemps

Au matin, Qumak est réveillé par une goutte d'eau froide éclaboussant sa joue. La voûte de l'abri ruisselle. Amaruk s'abreuve dans une petite flaque, à même le sol. L'hiver tire réellement à sa fin, pense le garçon.

— Il fait de plus en plus chaud. Dorénavant, nous dormirons sous la tente en peaux de caribous, déclare Suvarak comme s'il répondait aux réflexions de son fils.

— Il vaut mieux partir rapidement. Dès cet après-midi, la neige sera trop détrempée pour le kamutik, qui risque de s'y enliser.

Cela dit, tous s'étirent brièvement avant de quitter leurs couvertures pour s'habiller. Orituk range tout ce qui traîne. Au fur et à mesure qu'ils sont faits, Qumak emporte les paquets et aide son père à les charger sur le traîneau. Sentant venir l'heure du départ, les chiens surexcités s'agitent comme si les épreuves à venir étaient une véritable fête.

Bientôt, l'iglou n'est plus qu'une coquille vide. Orituk inspecte le kamutik, s'assurant de la solidité du chargement. Suvarak harnache les *huskies**. Il saisit chaque bête à bras le corps, la faisant trotter sur ses pattes de derrière jusqu'à sa place dans l'attelage. Les chiens frénétiques tirent déjà sur le traîneau retenu par ses freins.

Comme il a vu son père le faire, Qumak insère les pattes d'Amaruk dans un harnais plus petit que les autres. Le garçon est triste à l'idée d'être séparé de son ami durant le voyage. Néanmoins, il tend fièrement la laisse à son père. Suvarak caresse la tête de

son fils avant d'atteler Amaruk derrière une grosse chienne grise à dos noir. Le jeune chien se met à rechigner nerveusement. Maternelle, sa voisine lui lèche le museau.

— En route! annonce Suvarak.

Le fouet claque. Le cou tendu, la queue en panache, les huskies s'élancent. Orituk part devant. Qumak reste à la hauteur d'Amaruk, qu'il encourage joyeusement. Suvarak ferme la marche, poussant le véhicule dans les montées.

Ainsi, alors que la banquise s'effrite imperceptiblement derrière elle, la famille fonce vers les terres côtières. Après de longues heures de voyage, Suvarak immobilise l'attelage au milieu d'une vallée. Le paysage a déjà changé. Un peu partout, la glace s'ouvre sur de petits talus d'herbes et de mousses. Les époux entreprennent de monter le *tupik**. Quant au gamin, il rejoint Amaruk, allongé le nez entre les pattes. À l'approche de son maître, le chiot se lève d'un bond.

Pendant que ses parents montent la tente, le garçon libère les bêtes et leur offre à manger. Cette tâche terminée, il part chasser le petit gibier afin d'ajouter un peu de viande fraîche au menu du soir. En chemin, il raconte à son compagnon les joies estivales qui les attendent.

Depuis sa naissance, le jeune Inuit n'a connu que cette existence faite de pérégrinations saisonnières. Bon an, mal an, la fin de la nuit polaire pousse les siens à quitter leur village de neige, sculpté à même la banquise. Alors, ceux qui ont hiverné ensemble en partageant leur gibier se séparent momentanément pour gagner la toundra. Près de la grande baie semblable à la mer, chacun retrouve son territoire de chasse martelé par le passage des *caribous** et sillonné de rivières regorgeant de poissons aux chairs savoureuses. Ainsi l'Inuit a-t-il appris à tirer sa subsistance d'une nature aussi fragile que capricieuse.

En ce jour, au beau milieu de la plaine, rien ne semble menacer cet ordre des choses. Rien, jusqu'à ce que retentisse une voix aux accents inconnus.

4

Le Kallunaat

— *Hey there! Hello! Hello!* [1]

Qumak scrute la lande glacée. Il aperçoit bientôt, au faîte d'une colline, la silhouette longue et fine d'un homme qui vient à sa rencontre, en battant des bras.

— *Over here! Over here!* [2]

— Un Kallunaat! Ici! Impossible, pense Qumak.

---

[1] Bonjour! Bonjour!

[2] Par ici! Par ici!

Pourtant, l'étranger est bien là, avançant en titubant. Qumak devine que l'inconnu se meurt de froid. Le Blanc s'arrête à quelques pas du garçon. Il respire fort et de petits glaçons perlent à ses sourcils.

Le gamin doit retenir Amaruk, qui cherche à flairer l'inconnu. L'Inuit est ébahi par la grandeur de l'homme. Il doit dépasser Suvarak d'au moins deux bonnes têtes! Qumak trouve une mine plutôt sympathique à ce géant dont la peau est aussi blanche que celle d'un nourrisson. Ses yeux sont plus clairs que les rivières d'été et ses cheveux sont dorés comme le ventre des jeunes caribous... Quel être bizarre, songe Qumak. Est-il vraiment humain?

— *I ran as soon as I heard your dog*[3], déclare l'étranger.

Le jeune Inuit ne comprend rien à ce charabia. L'homme se redresse et agite sa main droite dans la direction d'où il est venu. Visiblement, il invite Qumak à le suivre.

Celui-ci redoute un piège. Mais, la curiosité l'emportant, il décide d'accom-

---

[3] J'ai couru dès que j'ai entendu ton chien.

pagner le Kallunaat. Celui-ci marche les bras croisés sur sa poitrine, cachant ses poings gantés sous ses aisselles. L'inconnu contourne une petite colline de caillasse soudée de glace. Juste derrière, une machine volante brille sous les rayons du soleil. Près d'elle, un coffre de bois déborde d'outils aux formes diverses. Intrigué, Amaruk se précipite vers eux et leur donne des coups de patte. Yeux ronds, bouche bée, Qumak n'en revient pas : l'homme est un navigateur du ciel !

— *I am with the U.S. Air Force. I left my base this morning and went on a recon mission. There's a war going on, you know... Well... probably not... Anyway, I started loosing oil and I had to land. As if that wasn't enough, the snow became too damp for me to take off again. I'm so glad you guys came by.*[4]

---

[4] Je suis de l'U.S. Air Force. J'ai quitté ma base ce matin pour une mission de reconnaissance. Nous sommes en guerre, tu sais ? Quoique...tu l'ignorais probablement... De toute manière, disons que j'ai commencé à perdre de l'huile et que j'ai dû atterrir. Comme si ce n'était pas assez compliqué, la neige a fondu et le sol est devenu trop mou pour que je puisse redécoller. Je suis vraiment content que tu sois passé par ici.

Prononçant ces mots, le Blanc désigne le train d'atterrissage recouvert de gadoue. Qumak comprend que la lourde machine s'est embourbée et que le pilote ne pourra pas redécoller avant que la froidure ne fasse durcir la neige, en début de soirée. Puis, l'homme entraîne l'enfant vers une cavité sous l'appareil. Le gamin y découvre un entrelacs de fils, telle une chevelure emmêlée. Un tuyau gainé d'une sorte de bandage souillé laisse échapper un liquide brunâtre. Qumak se doute bien que la plaie ouverte sous le ventre de la bête doit être refermée avec quelque chose de dur et d'imperméable.

Soudain, il se souvient du contenant de fer que possède sa mère.

— Je sais où trouver ce qu'il te faut pour réparer l'engin, mais je dois y aller seul, car si mon père te voit ici, il sera furieux.

Le grand blond est dérouté par ce monologue dont il ne saisit pas un mot. Alors, Qumak tire sur les pans du manteau de l'homme, tout en lui désignant le coffre sur le sol. Le pilote réalise qu'on l'enjoint à s'asseoir et à patienter.

— Tu n'as rien à craindre, dit le garçon, je te laisse avec Amaruk. Je reviens bientôt, ajoute-t-il en s'éloignant déjà.

Au campement, tout en luttant contre le vent qui se lève, Orituk et Suvarak recouvrent les poteaux du tupik avec des peaux de caribous. Concentrés sur leur tâche, ils ne voient pas Qumak piller le kamutik avant de foncer à nouveau vers la colline, ni vu ni connu.

Le pilote s'est allumé une cigarette. Depuis combien de temps guette-t-il le retour du jeune Inuit? Il ne saurait le dire. Inconsciemment, il craint que le gamin ne revienne jamais. Son seul espoir réside dans l'attachement du garçon pour ce husky, sous lequel il se chauffe les pieds.

Qui aurait pu prévoir ce matin qu'une fuite d'huile l'obligerait à atterrir d'urgence dans la neige mouillée, rendant le décollage impraticable? Transi, désorienté, perdu dans ce paysage taillé dans la glace vive, il a cru que sa dernière heure était arivée. Puis, il a entendu la voix de Qumak et les aboiements de son chien. Ainsi, son existence s'est retrouvée entre les mains d'un Inuit d'une douzaine d'années!

Ses méditations sont brusquement interrompues par Amaruk. Reconnaissant l'odeur de son maître, le chien se met à battre de la queue et à japper. Quelques minutes plus tard, le pilote aperçoit le gamin portant un ballot de fourrure sur son dos.

Qumak déplie son bagage et tend une large couverture à l'inconnu. Reconnaissant, ce dernier s'y enroule avec délectation. Le garçon lui offre aussi de la viande. Un peu dégoûté, le militaire hésite à manger le morceau de chair crue. Réprimant son dédain, il l'avale tout rond.

Le gamin est heureux de secourir le Blanc. Même dans ses rêves les plus fous, il n'aurait osé imaginer approcher de si près un pilote. Il lui pèse de savoir que son aventure devra rester secrète, sous peine d'être puni par son père. Qumak aurait tant aimé raconter cette histoire au village d'hiver, pour qu'elle en fasse le tour!

Empressé, il montre au militaire le récipient en métal de sa mère et le cogne contre la coque de l'avion.

— *Yes, yes... That should do it! Thank you, thank you very much*[5], approuve l'homme.

Comme s'il craignait d'effrayer un oiseau, le pilote retire délicatement l'objet des mains du gamin. Avec une pince, il le travaille jusqu'à lui faire perdre sa forme initiale.

---

[5] Oui, oui, cela devrait faire l'affaire. Merci, merci beaucoup.

Le Kallunaat fouille ensuite dans sa boîte et en sort une bobine de fil de fer dont il coupe de longs morceaux. Admiratif, le garçon observe attentivement le pilote qui, sous son engin, tortille maladroitement les petits bouts de métal de ses doigts engourdis. Qumak s'approche timidement de l'homme, retire ses moufles et enfourne ses doigts dans sa bouche. Le militaire l'observe et s'esclaffe :

— *Good idea, son! That should save me a few frostbites! If only there was a way to put both my feet in there!*[6]

Le pilote rigole tant, qu'il se heurte la tête sur sa machine. Qumak pouffe à son tour. Leurs rires se mélangent, sonnant le début d'une amitié inusitée.

---

[6] Bonne idée, fiston ! Cela devrait m'éviter quelques engelures ! Si seulement il y avait un moyen d'y enfoncer aussi mes deux pieds !

5

Une rencontre

Pendant que l'étranger termine sa réparation, le gamin admire l'oiseau de fer lisse et lustré dont les flancs arborent une étoile blanche, solitaire au milieu d'un cercle noir, comme l'étoile du Nord éclairant les nuits sans lune. Ayant rangé ses outils, le géant s'agenouille, offrant sa paume à Amaruk, qui y plante sa truffe humide avant de se laisser flatter. L'enfant reconnaît ce geste d'homme habitué à la compagnie des bêtes. Ravi, il en conclut que même les navigateurs du ciel doivent vivre auprès des chiens.

Le torse bombé, Qumak serre son compagnon contre lui et le présente à l'homme :

— A-ma-ruk.

Le Kallunaat se concentre et répète maladroitement le mot aux étranges sonorités.

— A-ma-ruk.

Amusé, le gamin frappe sa propre poitrine :

— Qu-mak.

L'aviateur réplique en fouillant sa veste de mouton retourné. Il en retire un morceau de carton noir et blanc. Dessus, Qumak découvre le dessin étonnament précis de l'inconnu. Il est assis dans sa cabine de pilotage avec une fille aux cheveux bouclés. Le militaire pointe le portrait :

— *See, that's me, Frank and that's my daughter Audrey. She's about your age.*[7]

— 'Ank, laisse tomber Qumak, hésitant.

---

[7] Là, c'est moi, Frank, et là, c'est ma fille Audrey. Elle doit avoir à peu près ton âge.

Soudain, Frank se met à gesticuler. Il empoigne Qumak par la taille et le hisse sans effort dans l'habitacle de l'avion. Le garçon s'affale sur une banquette moelleuse. Devant lui s'étale toute une panoplie de cadrans, d'interrupteurs et de manettes. Le militaire grimpe sur l'aile et, debout derrière son invité, lui montre le manche à balai. Qumak en déduit qu'il s'agit de l'aviron du navire. Il l'empoigne avec révérence, comme si la chose était magique.

Le garçon sursaute. De très loin, il entend sa mère qui l'appelle. D'un geste, Qumak impose le silence au Kallunaat. Comme les appels persistent, il quitte l'appareil en sautant dans les bras de Frank. Le pilote comprend que le gamin ne veut pas être surpris en sa compagnie. À cet instant seulement, le militaire mesure l'ampleur de l'audace dont il a dû faire preuve pour lui venir en aide.

Quelques heures plus tard, à la tombée du jour, Frank casse la glace figeant son train d'atterrissage. Au moment de monter dans son appareil, il ramasse ses outils et sa couverture. Le militaire réalise qu'il a négligé de remercier le gamin pour ce cadeau. Leur brève

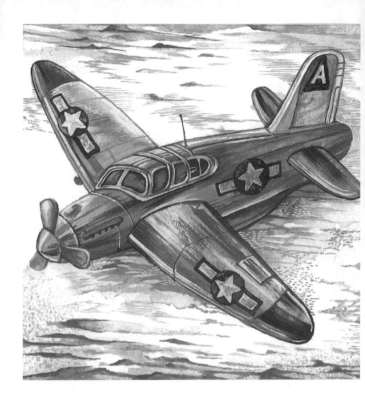

rencontre lui semble presque irréelle, une trêve inattendue au milieu de la guerre qui l'a arraché à ses prés ondoyants du Midwest américain. Cette Seconde Guerre mondiale, menant bateaux et sous-marins jusque dans l'ombre de glaciers millénaires, sur *le toit du monde**...

Au même instant, dans le tupik, Qumak et sa famille dégustent leur repas du soir. Orituk et Suvarak ne cessent de pester contre l'animal chapardeur qui a défait les bagages pour voler de la viande sur le kamutik.

— Il s'agit certainement d'un loup. Il devait être contre le vent, car les chiens ne l'ont pas senti, explique Suvarak.

Qumak baisse les yeux.

— Nous retrouverons de la nourriture, mais le *noroît** a de toute évidence emporté ma tasse en fer blanc et une bien belle couverture! Quelle tristesse! se lamente Orituk.

Aux commandes de son appareil, Frank lance les moteurs. Leur vrombissement infernal affole Suvarak et Orituk qui se ruent dehors. Apeurés, les huskies hurlent lorsque l'engin prend son envol, scarifiant les cieux de ses gaz d'échappement.

— Encore un avion... Que les dieux nous viennent en aide, laisse tomber Suvarak avec lassitude.

6

La belle saison

Nimbé de brouillard, le colosse de pierre se dresse entre ciel et terre. L'*inuksuk** annonce la fin du voyage. Qumak, Suvarak et Orituk poussent des cris de joie, comme s'ils venaient de retrouver une vieille connaissance.

Au pied de la statue s'étend la grande rivière menant au campement d'été. Sur la plage, entre les rochers, le père et le fils récupèrent leur *umiak**. Voilà bientôt un an que l'embarcation attend le retour de ses propriétaires. Orituk vide le kamutik. Inutile sur la toundra verdoyante, le vaisseau des neiges est remisé à la place du canot, jusqu'au retour de la saison froide. Prévoyante, la jeune femme dissimule déjà un peu de viande, dans une *cache de pierres**, en prévision du prochain retour vers le village d'hiver.

Puis, la famille, les chiens et le matériel prennent place dans le bateau. Chaque coup de pagaie fait tournoyer la brume vaporeuse flottant sur les eaux. Qumak a l'impression de se faufiler entre les nuages, comme l'aviateur. Il soupire en songeant à cet ami exceptionnel qu'il ne verra sans doute plus jamais. Il est tiré de ses rêveries par les roulis de l'umiak, déstabilisé par les huskies guettant les cabrioles des poissons dans l'onde. Heureusement, le bateau accoste bientôt devant l'emplacement où sera érigée la tente.

Tous s'affairent aussitôt à monter le tupik, qui restera en place tout au long de l'été. Orituk en aménage l'intérieur. Elle range la lampe de pierre avant de partir à la recherche de mousses séchées qui, désormais, serviront de

combustible. De son côté, Qumak explore le bord de la rivière avec Amaruk, espérant trouver des nids de canards pour y cueillir les œufs et récolter le duvet soyeux dont ils ont été recouverts par leur mère.

— Viens plutôt m'aider à réparer le barrage, propose Suvarak à son fils en s'enfonçant dans le courant gelé.

Le piège de pierres n'a pas trop souffert de la débâcle printanière. Malgré l'eau glaciale qui leur coupe les jambes, père et fils remettent en place quelques gros cailloux entraînés par la fonte des glaces. Bientôt, des poissons viendront se perdre dans le bassin cloisonné. Il suffira de les piquer d'un coup de harpon.

Amaruk patauge dans tous les sens, harcelant les saumons dont il perçoit les mouvements furtifs.

— Tu vas faire fuir tout ce qui bouge dans les alentours! prévient Suvarak, éclaboussé.

Mais Amaruk surprend tout le monde en capturant un omble argenté dans sa gueule. Fier de lui, le chien nage la tête haute jusqu'à la rive et dévore sa proie encore frétillante sur la grève.

— Bravo! crie Qumak.

— Eh bien! La saison de pêche s'annonce plutôt bonne! commente Suvarak en sortant de l'eau.

Le soir venu, chacun s'endort en songeant aux petits bonheurs que leur réservent les semaines à venir. Suvarak se voit déjà terrassant des caribous. Orituk espère tirer bénéfice des jours lumineux pour coudre de chauds vêtements, des couvertures et des matelas qui permettront d'affronter la froidure du prochain hiver. Quant à Qumak, en fermant les yeux, il revoit immanquablement Frank. Tout en sombrant dans le sommeil, le gamin s'imagine être le vent dansant au-dessus de la toundra...

7

Les trappeurs

Les chiens se chamaillent dans la rosée matinale. Afin d'échapper aux moustiques, Amaruk et Qumak s'ébrouent dans la rivière. Le chien, devenu adulte et costaud, donne du fil à retordre à son maître. Quant à Orituk, elle se protège des moucherons en cousant sous l'épaisse boucane d'un feu de broussailles humides.

— Aïe! s'exclame-t-elle en s'enfonçant l'aiguille d'os dans le doigt.

Impatiente, la jeune femme aspire le sang perlant de la blessure. Depuis quelque temps, elle dort mal, frissonne constamment et ses mains tremblantes la rendent malhabile. Elle attribue ces maux à la fatigue du voyage et espère que tout finira par rentrer dans l'ordre. Soudain, à travers la fumée, elle aperçoit des silhouettes inconnues. Elle reconnaît la tenue des Indiens cris. L'un d'eux transporte une guirlande de petits pièges métalliques, qui cliquettent à chacun de ses pas. L'autre porte une carabine à l'épaule. Sur son dos, attachés à une corde, pendent les carcasses désarticulées de trois renards blancs.

Jamais les membres de ces tribus du Sud ne se sont hasardés si près du domaine de chasse familial.

— S'ils posent leurs pièges jusqu'ici, c'est que le renard doit fuir et déserter les terres voisinant les villages avec leurs comptoirs de traite à l'embouchure de la rivière, s'inquiète la jeune femme.

Orituk ne sait quoi penser. Doit-elle craindre les trappeurs? Elle réfléchit et se dit que le Nord est assez vaste pour tous. La femme reprend sa couture, convaincue qu'il est inutile de se faire du souci pour si peu.

Mais, le soir venu, lorsque Suvarak ne ramène qu'un lièvre et un *lemming** au campement, Orituk ne peut s'empêcher de songer aux Cris qu'elle a vus passer.

— L'an dernier, il y avait plusieurs familles inuites le long de la côte. Ensemble, nous avions pris beaucoup de caribous. Cette année, nous sommes peu nombreux. Les grandes chasses seront donc plus difficiles. Quant au petit gibier, il semble plus rare qu'avant. Je n'y comprends rien... Il va falloir faire de gros efforts pour abattre, malgré tout, assez de bêtes pour fabriquer notre matériel d'hiver, explique Suvarak.

— Tu pourrais peut-être faire comme les autres et troquer une partie de l'équipement dont nous avons besoin en traitant avec les Blancs, propose Orituk.

— Pas question! s'exclame Suvarak. Faire la traite, c'est devenir un mangeur de farine! Je refuse de gagner ma pitance au service d'un marchand! Grâce au savoir des anciens, nous avons conquis le Nord où nous allons et venons comme bon nous semble. Nous devons respecter et transmettre nos traditions. Cet héritage n'a pas de prix. Il vaut plus que tous les fusils, chaudrons et couteaux vendus par les Blancs.

— Tu as raison. D'ailleurs, tu devrais chasser plus souvent avec ton fils. Demain, emmène-le avec toi pendant que je cueillerai des baies, suggère Orituk en s'enroulant dans sa couverture.

Comprenant que sa femme désire se reposer, Suvarak sort avec son fils. Tous deux s'étendent sur les lichens froids. Les huskies errent un peu partout. Le père se met à nommer les constellations et raconte à son fils l'épopée des héros peuplant les luminaires célestes.

8

La maladie

Immobile, Qumak guette l'entrée du terrier ourlée de poils vibrant dans le vent. Voilà un bon moment qu'il est étendu là, espérant terrasser le lièvre caché à l'intérieur. Patient comme doit l'être tout bon chasseur, le gamin ne bouge pas malgré les crampes envahissant ses mollets. Soudain, l'animal jaillit du trou, tentant une fuite désespérée. Qumak le transperce promptement d'une petite lance.

— Enfin! s'exclame le garçon, en se dirigeant vers le campement.

Tout y est curieusement silencieux. Les chiens, habituellement querelleurs, veillent calmement près du tupik. Amaruk, les oreilles basses, salue d'un gémissement pathétique l'arrivée de son maître.

— Qu'est-ce qui se passe? Où est tout le monde? demande le jeune, en grattant la gorge de son ami.

À ces mots, la bête se lève et s'installe, tel un sphinx, devant la tente. Aussitôt, Qumak pressent qu'un malheur est arrivé. Anxieux, il pénètre dans l'habitation. Il y trouve sa mère couchée près du feu, son père penché sur elle. Le visage de la jeune femme est couvert de sueur. Ses longs cheveux s'y engluent en arabesques désordonnées. Abasourdi par ce qu'il voit, le garçon laisse tomber son lièvre. Suvarak ne relève même pas la tête. Avec une délicatesse que Qumak ne lui connaissait pas, il essaie de faire boire une infusion à Orituk, dont les lèvres violacées rejettent tout liquide.

— Elle est très malade, murmure Suvarak.

— Mais, c'est impossible! Hier encore elle allait plutôt bien! proteste Qumak.

— Je sais. Ce mal est si soudain. Je crains le pire, avoue le père en baissant les yeux. Rassemble nos plus belles peaux, prépare quelques affaires et mets tout cela dans l'umiak. Nous devons la conduire sur l'Île-aux-oiseaux.

Qumak est affolé. L'Île-aux-oiseaux! Ce rocher abrupt au milieu de la rivière. Cette pierre gigantesque auréolée du vol des *marmettes**. Depuis l'enfance, il a entendu toutes sortes d'histoires sur ce lieu où vit l'*angakuk**, le sorcier, un homme que l'on craint et qu'on ne consulte qu'en désespoir de cause.

Obéissant à son père, Qumak emballe les peaux que l'angakuk prendra en paiement.

Le garçon et Amaruk prennent place dans le canot. Suvarak émerge de l'abri, transportant Orituk dans ses bras. Les membres flasques de la malade ballottent à chaque enjambée de son époux. Celui-ci la dépose avec précaution dans l'umiak, tout près de Qumak. L'enfant serre un instant le corps inerte de sa mère. Une toux profonde et rauque secoue la jeune femme qui, aussitôt, redevient amorphe.

Sur la rive, les chiens aboient.

— Ils garderont le campement, dit Suvarak.

Le père et le fils pagaient énergiquement, espérant atteindre au plus vite l'île au profil escarpé. Bientôt, son sommet apparaît, formant une tache noire en amont de la rivière. L'équipage rame vigoureusement vers la forme anguleuse qui, à leur approche, semble grandir et émerger du fleuve.

— L'angakuk saura-t-il vraiment guérir maman? demande Qumak, angoissé.

— Le chaman de l'île est puissant. Il saura quoi faire. Tu n'as rien à craindre. Je l'ai connu durant sa vie mortelle. C'était un homme bon et juste.

— Lorsqu'il était un homme? répète Qumak, incrédule.

— Oui, Uppik vivait avec nous au village d'hiver. Un jour, il n'est pas rentré de la chasse. Ses camarades ont raconté que son kamutik était passé à travers la glace. Alors que ses chiens avaient flairé le danger, Uppik les a obligés à avancer et le traîneau a sombré. Ce fut une grande perte pour le village, à qui il manquait désormais un chasseur. Akpak, sa veuve, devait compter sur les hommes de la communauté pour lui procurer de la nourriture. Au bout de quelques jours, ne voulant pas être un poids pour les autres, elle s'est jetée dans la mer.

— Ils sont morts tous les deux?

— Pas vraiment... Quelques semaines plus tard, Uppik est revenu chez lui. Son corps broyé par les glaces était difforme. Il avait vécu plus de souffrances que peut en endurer un simple mortel. Sous la torture, son âme avait quitté son corps et pénétré le monde des esprits. Depuis, il parle aux immortels. Grâce à eux, il est capable de tout...

Les marmettes curieuses tournoient autour de l'embarcation. L'esquif se faufile vers le rocher. Bientôt, l'umiak racle le fond, puis s'échoue sur un monticule de galets. Un sentier étroit, couvert de pierres acérées, y prend naissance. Le passage accidenté serpente entre les éboulis et monte vers un plateau. Là-haut, des volutes de fumée rejoignant les volées de marmettes laissent deviner la présence de l'angakuk.

— J'aimerais éviter de t'amener avec moi, mais je dois porter ta mère et quelqu'un doit transporter les présents du sorcier...

Le garçon prépare aussitôt un baluchon. À la suite de son père, il escalade le chemin incliné. Amaruk s'y élance, disparaissant prestement dans les hauteurs. Plus bas, Qumak et Suvarak avancent péniblement, dérapant sur les cailloux qui roulent sous leurs talons avant de dévaler la pente en s'entrechoquant. Après une longue escalade, la famille parvient au plateau, épuisée. Amaruk est déjà là, grattant la porte d'une hutte. Une voix caverneuse s'échappe de l'abri:

— Entrez donc!

À cette invitation, Qumak frissonne. Même Suvarak semble hésitant. Mais, enlaçant fermement son épouse, il s'introduit finalement dans l'antre.

— Toi, fais le guet et sois sage, ordonne Qumak à son chien avant de suivre son père dans la hutte.

L'intérieur est faiblement éclairé par un feu central. Qumak y distingue à peine ses parents. Orituk est couchée sur le sol. L'endroit semble désert. Tout à coup, l'enfant perçoit des mouvements rapides dans la pénombre. À croire qu'un animal se tapit dans l'obscurité. L'agitation augmente. Le gamin songe à fuir quand soudain un visage surgit dans la lueur du foyer.

L'angakuk est hideux. Sa chevelure hirsute et sale pousse tant bien que mal autour d'anciennes plaies. Une longue cicatrice traverse son visage, faisant dévier son nez avant de fendre sa lèvre supérieure. Sa paupière gauche est tendue sur une orbite vide et, de son œil droit, il dévisage les nouveaux venus :

— Il y a bien longtemps, Suvarak...

— Très longtemps, Uppik... Ma femme est souffrante. Mon fils t'apporte des cadeaux, répond humblement l'homme.

— Bien, bien, approuve le guérisseur en dodelinant de la tête... Dépose tout cela et tiens-toi tranquille, ajoute-t-il en pointant un doigt crochu vers Qumak.

Effrayé, le garçon s'exécute et se recroqueville sur lui-même dans la noirceur. Le borgne prépare un breuvage qu'il avale d'un trait avant de s'accroupir près d'Orituk. Puis, il se met à jouer du tambour au-dessus de la malade. Tous attendent patiemment que la musique et la potion provoquent la transe, emportant le sorcier vers le monde des esprits.

Tel un cœur, le tambour bat dans les ténèbres. Malgré sa peur, Qumak ferme les yeux et se perd dans le rythme de l'instrument. Il a complètement oublié la notion du temps lorsqu'il est ramené à la réalité par les cris de bête du chaman.

Grimaçant, l'angakuk promène ses bras décharnés au-dessus d'Orituk, si agitée que Suvarak doit la maintenir au sol. Puis, Uppik se met à tournoyer dans tous les sens, prononçant des paroles insensées, jusqu'à ce qu'il tombe d'épuisement.

Le tumulte fait place au silence. Orituk semble dormir profondément. Le chaman s'apaise. Suvarak le dévisage. Son regard suppliant réclame un verdict. Qumak lui-même n'y tient plus.

Orituk est-elle guérie ? Mesurant la gravité de ce qu'il doit annoncer, l'angakuk inspire profondément.

— Je ne peux rien pour ta femme, Suvarak... Les immortels ne connaissent pas le mal qui la ronge.

L'homme est atterré.

— Ce n'est pas possible. Tu dois faire quelque chose. Sauve-la ! Je ne veux pas d'une autre femme. Pourquoi cela nous arrive-t-il ?

— Parce que l'équilibre est rompu. Nous ne sommes plus les maîtres incontestés de notre sort, Suvarak. Autrefois, nous étions les gardiens de la banquise et de la toundra. Nous connaissions et respections l'essence de chaque chose. Nous étions libres sur une terre vaste. Nous existions hors du temps, semblables à nous-mêmes, malgré les milliers de lunes passées et à venir. Mais, aujourd'hui, l'homme blanc marche sur nos traces. Il amène avec lui ses passions, ses guerres, ses démons et propage toutes sortes de contagions. Notre monde se meurt, Suvarak. De là viennent les souffrances de ta femme.

— Ma mère va-t-elle mourir? bégaie Qumak.

— Ce que les Blancs ont provoqué, seuls les Blancs peuvent y remédier. C'est pourquoi il faut vous rendre au village le plus proche, au *Poste-de-la-Baleine**. Là-bas, peut-être trouverez-vous quelqu'un capable de ramener Orituk parmi nous.

Suvarak caresse le front brûlant de sa femme.

— Puisqu'il le faut, j'irai là-bas! soupire-t-il.

Alors, le sorcier rive son œil valide sur le gamin.

— Bien, bien... N'oublie pas que si le caribou fuit les moustiques qui le harcèlent, il se régale des fruits que les insectes font naître des fleurs... Toutes vies sont unies. Pour le meilleur et pour le pire. Là où nous ne voyons que chance, bonne fortune, épreuves ou supplices se cache parfois la destinée que les dieux ont rêvée pour nous.

Si ces paroles étranges laissent le père songeur, Qumak en saisit vite le sens. Sa rencontre avec le pilote n'était pas un hasard. Le Kallunaat et lui sont liés. Le souffle des esprits eux-mêmes

avait porté l'avion jusqu'au garçon.
Frank est blanc; il saura quoi faire
pour sauver Orituk.

9

Le village

Après quelques jours de voyage, l'Île-aux-oiseaux est bien loin derrière. Qumak et son père ne se sont jamais aventurés si loin vers le sud. Le paysage qui défile au-delà du canot se couvre peu à peu de hauts arbres aux troncs étroits pointant vers le ciel. À l'avant de l'umiak, telle une figure de proue, Amaruk hume l'air. Flairant un parfum âcre, il se met à japper. Suva-rak immobilise l'embarcation au milieu d'une mare visqueuse. Du bout de sa pagaie, il balaie la surface des flots. La tache remuée s'élargit en volutes na-crées. La chose serait jolie, si elle ne dégageait pas cette odeur écœurante.

— Qu'est-ce que c'est que ça? interroge le père. Ça pue! Encore une invention des Kallunaat! Il y a plein d'algues ici. Cette substance étouffe la rivière! grogne-t-il avant de se remettre à ramer.

Le gamin se tait. Il reconnaît l'odeur du liquide qui s'échappait de l'avion. Confiant, il se dit que Frank ne doit pas être bien loin. Qumak regarde sa mère allongée au fond du canot. Plus que jamais, le gamin est persuadé que les soins dont elle a besoin sont à portée de main.

Rempli d'espoir, Qumak rame avec ardeur. En fin d'après-midi, la tempé-rature tombe. Les rives se couvrent de givre. Suvarak songe à bivouaquer quand il repère les premiers bâtiments du village, dispersés en arc de cercle, au bord de la rivière formant une large baie.

Suvarak est sidéré :

— Ils sont si nombreux ! Je ne soupçonnais pas qu'il puisse exister autant de Blancs !

Le cœur de Qumak bat la chamade. Frank est forcément là-bas. Mais comment le retrouver parmi cette foule ? Le gamin se laisse tout de même aller à la joie d'être arrivé.

— Nous y sommes, maman ! Bientôt tu iras mieux !

Touché par tant d'innocence, Suvarak adresse un faible sourire à son fils. Il est beaucoup moins enthousiaste que lui. Si ce n'était d'Orituk, le chasseur rebrousserait chemin sans plus tarder.

— Nous continuerons à pied, décide Suvarak.

Le canot délaissé gît sur la grève, comme un marsouin échoué. La famille traverse une forêt éparse d'épinettes noires et de mélèzes. Amaruk trotte lourdement, faisant balancer les paquets accrochés sur son dos. Suvarak porte son épouse inconsciente. Le bois mort craque sous ses semelles et les rumeurs du village circulent déjà entre les troncs élancés. La tête d'Orituk repose docilement sur l'épaule robuste de son mari. Le vent ébouriffe la chevelure de la femme et fouette le visage de son époux. À ses côtés, Qumak peut entendre ce dernier chuchoter des choses à la malade, comme si elle pouvait l'entendre.

— Puisque nous sommes ici, je pourrais en profiter pour te trouver de la vaisselle en émail. Qu'en penses-tu? Peut-être préfères-tu des petites perles à broder? Tout ce que tu veux... promet-il, en pressant sa joue burinée contre celle de son épouse.

Gêné, le gamin comprend à quel point son père est attristé. Il n'est pas dans les habitudes des inuites de se plaindre. Il y a trop à faire pour s'arrêter aux sentiments. À sa place, beaucoup auraient abandonné leur parente, la laissant mourir seule comme le veut la coutume. À s'occuper d'un malade, on risque de manquer le passage des caribous et de connaître le froid et la faim durant l'hiver. Par amour pour sa femme, Suvarak n'a pas hésité à prendre ce risque. Certains le trouveraient déraisonnable. Pourtant, en ce moment, Qumak est très fier de son père.

Le village s'étale sur la plaine piquée de fleurs jaunes et roses. On y retrouve des habitations de tous genres. Des tupik côtoient des tentes cries, tandis que des abris en toile blanche claquent sous les bourrasques.

— Comment peuvent-ils vivre ainsi, les uns sur les autres? s'interroge Suvarak.

— Certains des nôtres sont ici. Ils sauront nous dire où chercher de l'aide, déclare Qumak avec optimisme.

À quelques pas de là, ils croisent un Inuit famélique paressant sur un tas de pierres.

— Bonjour, grand-père. Ma femme est très malade. Saurais-tu...

Comme s'il avait entendu mille fois cette question, le vieillard coupe la parole à Suvarak. D'un geste agacé, il montre une baraque de bois à l'entrée du village. Qumak est frappé par tant de grossièreté. Pour confondre le ma-lotru, il retire du sac d'Amaruk un morceau de viande et le lui tend. L'aïeul refuse la nourriture et se met à crier méchamment:

— Tout frais sorti de la banquise, hein! Tout propre et bien élevé! Ça te passera, va! Tu te crois meilleur que moi! Sache qu'ici tu es bien loin de ton iglou! Tu as le choix: travailler pour les Blancs, laver leur vaisselle et leurs chemises, ou crever sur les gravats. C'est notre lot à tous!

Oubliant le respect dû aux anciens, Suvarak se met en colère:

— Tais-toi, vieux fou! Viens, Qumak, ne traîne pas, nous y sommes presque, ajoute-t-il en indiquant la cabane du regard.

Qumak n'a jamais vu pareille maison. Calée sur des rondins, elle s'élève au-dessus du sol. De forme carrée plutôt que ronde, elle craque de toutes parts sous l'assaut des rafales de vent. Au-dessus du toit flotte une étoffe rouge.

Le garçon pousse la porte aux charnières grinçantes. Au milieu du local, un poêle de fonte distribue une chaleur écrasante pour des nomades habitués au froid. Abattu, Amaruk s'affale sur le parquet en tirant la langue. Un énorme pupitre couvert de paperasses occupe la moitié droite de la pièce. En face, se trouve une cellule munie de couchettes. Un couloir menant vers d'autres appar-

tements s'ouvre au fond. Suvarak dépose Orituk sur une chaise.

— Ai![8] dit le père.

— Ai! lui répond un homme blanc,
en faisant irruption dans la pièce.

Contrairement à celle de Frank, la
peau de ce nouveau venu est brunie
par le gel, comme celle de tout homme
ayant longtemps arpenté le Nord. Un
maillot clair lui colle au corps et sa
taille est enchâssée dans un pantalon à

---

[8] Bonjour?

bretelles. D'un crochet posé au mur, le Kallunaat décroche une veste écarlate qu'il enfile. Flegmatique, il se tient droit comme une perche.

— Lieutenant Oliver Welch, Gendarmerie royale du Canada, que puis-je pour vous? dit-il avec une maîtrise surprenante de la langue des anciens qui surprend Suvarak.

— Le chaman a dit de venir ici, explique le chasseur en désignant Orituk.

Devant le teint cireux de la jeune femme, le lieutenant perd contenance.

— Bon Dieu! Encore une!

— Peux-tu la sauver?

Welch étend sa main sur le front brûlant de la jeune femme.

— À mon avis, il s'agit de la *tuberculose**. Je l'ai eue étant petit. Ses poumons sont malades, dit-il en frottant la poitrine de la jeune femme. J'ai bien l'impression que ce bacille commence à courir sur la toundra. Hier encore, deux familles sont arrivées ici avec les mêmes symptômes. Hélas! je n'ai que peu de moyens...

Craignant d'avoir fait tout ce chemin pour rien, Suvarak insiste:

— Puisque tu t'es remis de ce mal, tu dois savoir quoi faire.

— J'aimerais bien, mais les choses ne sont pas si simples. Il n'y a pas de médecin ici. J'ai pensé en faire venir un par bateau ou par avion. Malheureusement, depuis le début de la guerre, tout ce qui vole ou flotte est saisi par l'armée et tout le monde se fiche de ce qui se passe ici. J'ai essayé d'en toucher un mot aux militaires américains, mais il est impossible d'approcher leur base sans se faire coller un pistolet sous le nez! Bref, je ne peux que vous offrir une tente en dehors de l'agglomération. De plus, je dois vous interdire de circuler dans le village afin d'éviter la contagion.

Qumak espère que, avec son appareil, Frank saura trouver de l'aide. Néanmoins, le gamin est dérouté. Comment contacter l'aviateur s'il est interdit d'aller au village? Il lui semble bien absurde d'être à la fois si loin et si près du but.

Le lieutenant Welch se coiffe d'un bonnet de fourrure à rabats, enfile une épaisse parka de peau de phoque sur laquelle il serre son ceinturon et soulève Orituk.

— Vous êtes épuisés. Nous prendrons ma camionnette, dit-il, le dos cambré sous le poids de la jeune femme.

Déçu et se sentant impuissant, Suvarak se résigne à suivre le lieutenant. Dehors, Welch installe précautionneusement Orituk dans la boîte arrière du véhicule, puis cale une grosse caisse aux pieds de la jeune femme. Qumak et Amaruk grimpent auprès d'elle. Le lieutenant s'assoit dans la cabine, prenant le volant aux côtés de Suvarak.

Le moteur démarre, faisant frémir toutes les tôles de la camionnette. Le chasseur regrette la douce portance de son umiak et s'accroche à la portière du véhicule bringuebalant.

En chemin, le Kallunaat se croit obligé de faire la conversation.

— Vous savez, vos terres sont très convoitées. Au-delà de la mer, des hommes de toutes les races se battent pour avoir le droit d'y faire passer leurs bateaux et d'y faire voler leurs avions. Tout le monde se dispute les banquises sans se soucier de votre peuple. Or les choses ne sont pas roses. Tous ces conflits ont fait chuter le prix des peaux.

Les trappeurs cris et inuits qui faisaient affaire ici n'ont plus un sou. Au début, ils chassaient aux alentours pour se nourrir, mais le gibier a fini par manquer. Alors, ceux qui le pouvaient encore sont retournés chez eux, mais beaucoup errent un peu partout autour du village. Depuis, je fais ce que je peux pour les aider... hurle le lieutenant au-dessus du tintamarre du moteur.

— De ce que tu racontes, je ne sais rien. Mais je sais que la terre n'appartient à personne. Ce sont les hommes qui lui appartiennent, réplique Suvarak.

Le lieutenant acquiesce modestement.

— C'est vrai... répond le gendarme, rêveur. Peut-être même que tout cela survivra au dernier d'entre nous, ajoute-t-il en balayant l'horizon du revers de la main.

Les deux hommes, que tout sépare, se dévisagent quelques secondes, conscients d'avoir partagé, l'espace d'un instant, une même pensée.

Les sens en alerte, Qumak mémorise mentalement le parcours, retenant la forme d'une pierre ou la couleur d'un buisson, calculant l'orientation d'une souche... Le gamin a la ferme intention de se rappeler tous les détails de la randonnée, afin de retrouver le village en temps voulu.

10

Le campement

Le campement installé aux abords du village n'augure rien de bon. Il n'y a là que quelques tentes brassées par le vent. Une multitude de chiens maigres et pelés traînent entre les abris de toile. Attirés par le vacarme de la camionnette, des gens décharnés se regroupent sagement au centre du cantonnement. Les femmes ont troqué leur bel *amauti** pour des robes en tissu fleuri tombant sur de longs pantalons, tandis que les hommes portent des chemises d'étoffe grossière. Ainsi vêtus, tous mourraient de froid sur la banquise.

— Attendez-moi ici, dit le lieutenant, en stoppant son véhicule.

Welch s'empare de la caisse et va à la rencontre des réfugiés. À chacun, il distribue des biscuits et du thé.

— Des secours arriveront bientôt, avec de quoi vous soigner, assure-t-il.

La plupart des individus repartent sans un mot, comme s'ils attendaient la mort, plutôt qu'une aide quelconque.

Sa distribution faite, le lieutenant revient vers la voiture :

— Suivez-moi, propose-t-il, en soulevant Orituk dans ses bras.

Welch conduit toute la famille dans une tente de prospecteur. Il dépose la malade sur un matelas de branches, près d'un petit poêle de tôle.

— Normalement, cela chauffe bien. Vous n'avez qu'à y mettre du bois.

Patiemment, le lieutenant explique le fonctionnement du poêle à Suvarak. Soudain, Qumak aperçoit les contours anguleux d'un chien rôdant près des parois de l'abri. La bête menaçante émet

des grognements sourds. L'enfant dé-
leste Amaruk de son bagage :

— Vas-y et apprends-lui à ne plus
flâner ici.

Le fidèle husky sort aussitôt chasser
l'indésirable. L'enfant admire son compagnon. Tous crocs dehors, il affronte
l'adversaire. Les animaux se toisent
silencieusement pendant plusieurs
secondes, jusqu'à ce qu'un claquement
de gueule déclenche la bagarre. En
moins de deux, des touffes de poils

arrachés volent un peu partout. Les bêtes roulent l'une sur l'autre en une pagaille indescriptible.

Qumak ne doute pas de la supériorité d'Amaruk. Par contre, il s'affole lorsque, attirés par les aboiements rageurs des belligérants, d'autres chiens se lancent dans la bataille. Le garçon tente en vain de rappeler son husky. C'est alors qu'un coup de feu met fin à la mêlée. Debout devant la tente, le lieutenant Welch range son revolver.

— Allez-vous-en! Sales bêtes! hurle-t-il.

La menace est écartée, Amaruk retourne aux pieds de Qumak. Celui-ci constate avec soulagement que son chien n'a que des blessures superficielles.

— Il faudra parler à leur propriétaire, suggère Suvarak.

— Ces chiens n'appartiennent à personne, réplique le lieutenant. Au début, les gens avaient des attelages... Quand la nourriture a manqué, certains ont mangé leurs huskies. Puis, beaucoup de bêtes ont été abandonnées. Maintenant, il y en a tellement! Je dois régulièrement en abattre.

Qumak est révolté.

— Sans attelage, comment ces gens retourneront-ils sur la banquise cet hiver? Comment trouveront-ils les phoques? Comment reconnaîtront-ils la glace trop mince?

— Tout le monde n'a pas la chance d'avoir un père solide comme le tien, pour se rendre là-bas, répond Welch, énigmatique. Va rejoindre ta mère dans la tente et soigne ton chien... Je dois parler à ton père, explique-t-il.

Le gamin obéit à contrecœur. Discrètement, il tend l'oreille afin d'écouter la conversation.

— Voilà, dit le gendarme. Ces gens sont ici depuis trop longtemps, ils ne peuvent plus partir, mais vous et le petit, vous êtes de vrais chasseurs. Avec un harpon et un attelage, vous êtes les rois du monde. Alors, si les choses ne s'améliorent pas pour votre femme, je vous conseille de ne pas vous attarder ici; partez!

Le cœur battant, Qumak guette la réponse de son père. Pendant un moment, il n'entend que le sifflement de la brise du soir. Puis la voix familière résonne:

— Aa[9].

Ce «oui» tombe comme un couperet.
Qumak n'a plus une minute à perdre.
Au matin, il a disparu.

---

[9] Oui.

11

Les retrouvailles

Après une longue marche dans la lumière blafarde du petit matin, Qumak et Amaruk atteignent le village qui dissimule son agitation sous une nappe de brume. Le garçon avance au hasard des rues. Un véhicule filant à vive allure le rase en klaxonnant. Qumak se jette sur le bas côté du chemin avec Amaruk, qui jappe furieusement.

Ébranlé, il poursuit son chemin. Au détour d'une route, il surprend deux Inuits se querellant pour un butin quelconque, trouvé parmi un tas de détritus. L'un d'eux se retourne et Qumak reconnaît l'Inuit ayant menacé sa famille à l'entrée du village. Épouvanté, le gamin décampe à toutes jambes. Il entend près de lui le trot d'Amaruk. Gueule ouverte, langue pendante, l'animal s'époumone à suivre son maître. Qumak court les yeux fermés. Dans sa tête défilent des centaines d'images : Frank réparant son avion, le tupik d'été, sa mère fiévreuse, le lieutenant Welch abattant les chiens et toujours la bouche déformée du chaman répétant :

— *Là où nous ne voyons que chance, bonne fortune, épreuves, ou supplices se cache parfois la destinée que les dieux ont rêvée pour nous.*

Une sonnerie monstrueuse se fait entendre. Surpris, le garçon trébuche contre une pierre et s'étale de tout son long sur le sol. Il se relève en secouant son manteau. Devant lui, une barrière flanquée de guérites bloque l'accès à une série de bâtiments sur lesquels il reconnaît l'étoile blanche qui ornait les flancs de l'appareil de Frank.

— La base militaire! jubile Qumak.

Une quantité impressionnante d'hommes s'y promènent. Devant leur baraquement, plusieurs d'entre eux fixent un point précis dans le ciel. Ainsi attroupés, ils ressemblent à des oiseaux migrateurs, massés en attendant le signal du départ.

Le jeune Inuit suit leur regard et repère un avion plongeant doucement vers la côte. Avec l'élégance des grands rapaces, l'oiseau de fer exécute une boucle avant de se poser. Mains dans les poches, foulard sur le nez, les spectateurs commentent l'atterrissage en se dispersant. Quelques-uns se précipitent vers l'appareil. Certains s'affairent sur le moteur, pendant que d'autres accueillent le pilote en lui tendant une tasse remplie d'un liquide fumant.

— Les esprits sont avec moi, pense Qumak.

Mais il n'ose crier tout de suite victoire, sachant qu'il lui faudra ruser pour s'introduire dans la base. Près de la barrière, le garde caresse un chien noir et beige portant un lourd collier de cuir. Amaruk grogne. Qumak sourit malicieusement.

— Vas-y, mon beau ! Montre-lui ce que vaut un chien de traîneau !

Le husky ne se fait pas prier. Il détale, saute par-dessus la barrière et, tel un loup, fonce sur le berger allemand. Les bêtes s'affrontent en une lutte acharnée. Le garde se met à hurler, ameutant tout le monde. Il dégaine son arme, mais un gros barbu la lui arrache :

— *Are you nuts ? You could shoot your own dog. Let the best one win...*[10]

Des officiers de toutes sortes s'attroupent autour des chiens en s'échangeant des bouts de papier.

— *Ten box on the grey one !*[11]

— *Five on good old Samy !*[12]

La clameur excitée des hommes se mêle aux aboiements des bêtes. Qumak profite de cette confusion pour se faufiler dans le camp.

---

[10] Tu es cinglé ! Tu pourrais atteindre ton propre chien ! Laisse le meilleur l'emporter.

[11] Dix dollars sur le chien gris.

[12] Cinq sur notre bon vieux Samy.

Il entre dans l'un des baraquements. La bâtisse étroite comprend deux rangées de lits. Il n'y a là qu'un homme ronflant sur sa couche métallique. Qumak commence à désespérer, puis il aperçoit une peau de caribou étalée sur l'une des couchettes.

— La couverture! Frank est forcément quelque part!

Qumak sort aussi vite qu'il est rentré. Dehors, il entrevoit Amaruk étendu sur sa victime, qu'il tient à la gorge. Les parieurs fortuitement enrichis sifflent et applaudissent le vainqueur.

Nerveux, le jeune Inuit se faufile vers une seconde construction. Il en pousse vigoureusement la porte, qui heurte un Inuit, les bras chargés d'assiettes. Ce dernier perd l'équilibre et les plats se fracassent sur le parquet.

Une vingtaine de Kallunaat, attablés dans une vaste salle à manger, se mettent à le dévisager. Les tintements de la vaisselle et des couverts, qui ponctuaient le brouhaha des discussions, font place au silence. Debout parmi les fragments de vaisselle, Qumak se sent très gêné.

— *Hey, savage boy! Lost your mama bear?*[13] lance mesquinement un rouquin.

De gros rires fusent de la tablée. Bien qu'il n'ait pas compris le sens de la tirade, le gamin est humilié.

Le serveur rassemble les éclats de faïence au creux de son tablier. Qumak peut lire sur ses lèvres des jurons prononcés à la dérobée. Mortifié, le garçon se prépare à quitter la pièce quand une voix en colère met fin au chahut.

— *Morons! Just shut up!*[14]

Avec soulagement, Qumak reconnaît la voix de Frank. Du fond de la pièce, le grand blond se fraye un chemin entre les tables. Au passage, il couvre d'insultes les misérables plaisantins. Déconfits, tous se taisent. Comme s'il craignait d'être victime d'une hallucination, le pilote s'agenouille près de Qumak et le prend par les épaules.

---

[13] Alors, petit sauvage, tu as perdu ta maman ourse?
[14] Imbéciles, taisez-vous!

— *Qumak? What in the devil's name are you doing here?*[15]

Ayant enfin atteint son but, le jeune Inuit se laisse tomber dans les bras de Frank en expliquant sa présence et sa mission. Le pilote l'interrompt. Il demande au serveur de traduire les paroles du garçon.

— Il dit que sa mère est très malade. Elle est dans une des tentes en dehors du village. Il vous a cherché longtemps et croit que vous seul pouvez l'aider.

Frank est éberlué. Jamais il n'aurait espéré revoir Qumak. Étranger sur une terre hostile, le pilote a peine à croire que le gamin ait pu retrouver sa trace entre les glaces, le ciel et la mer, avec l'aisance d'un citadin déambulant parmi les édifices et les carrefours. Pourtant, le jeune inuit est bien là, réclamant de l'aide. Saisissant la nature extraordinaire de la situation, le pilote écoute la suite de l'histoire avec la ferme intention de faire tout ce qu'il peut pour Qumak.

---

[15] Qumak? Par tous les diables, que fais-tu ici?

12

La guérison

— **I**l ne peut être allé bien loin, dit Welch à Suvarak, inquiété par l'absence de son fils.

Avant que le chasseur ait le temps de lui répondre, un lourd camion s'immobilise aux abords des tentes. Sa boîte arrière est remplie de caisses. Amaruk en émerge et saute sur le sol. Qumak descend de la cabine en compagnie de Frank. Suvarak attend des explications. Mais, au lieu de se précipiter vers son père tel un fugueur repentant, le garçon s'affaire à vider le véhicule de son contenu pour distribuer couvertures et nourriture aux pauvres gens qui se pressent autour d'eux.

Resté à l'écart, Suvarak est saisi d'une forte intuition. Son fils n'est plus un enfant. Mis à l'épreuve, Qumak a acquis le geste sûr des jeunes hommes ne cherchant plus l'approbation de leur père. Le chasseur s'abstient d'interroger son fils qui, bientôt, disparaît sous la tente où gît toujours Orituk. Désormais, Qumak a droit à ses secrets.

— Holà! Nous avons des tuberculeux ici; vous ne devriez pas flâner dans le coin, crie le lieutenant Welch au pilote demeuré près du camion.

— Le petit m'a tout expliqué. J'apporte des provisions et d'autres objets de première nécessité.

— Bien, mais il faudra plus que cela pour sauver ces pauvres bougres! reproche le lieutenant.

— Je sais, j'aimerais que nous en parlions.

Le gendarme s'approche et tend la main au pilote. Avant de parler, Welch remarque les galons cousus sur l'uniforme de l'Américain.

— J'ignore en quoi le sort de ces malheureux vous intéresse, colonel, mais il y a un bon moment que j'espère votre collaboration.

— Disons que j'ai une dette personnelle envers eux, surtout envers ce gamin. Je crois que nous pourrions profiter de l'occasion pour mettre nos divergences et nos drapeaux de côté. Dites-moi où vous en êtes exactement. Comment se porte la mère de l'enfant?

— Eh bien! Ce n'est pas encore une épidémie, cependant ça viendra si nous n'agissons pas. Je ne suis pas médecin, mais je crois que les petits et les vieillards devraient être hospitalisés. Quant aux plus forts, ils pourraient s'en tirer avec les médicaments d'usage. C'est que ces gens-là sont solides. La mère de votre ami est jeune; elle a peut-être une chance...

— Je vois, répond Frank. Je sais que la base d'Iqaluit compte un infirmier qui connaît bien les Inuits. Je vais tenter d'aller le cueillir là-bas. On verra ce qu'il a à dire sur tout cela. Je vais aussi communiquer avec quelques personnes et tenter d'établir un plan d'évacuation des malades.

— Je serai heureux de vous mettre en contact avec les familles atteintes. Vous pouvez compter sur ma collaboration, affirme Welch en serrant à nouveau la main du colonel, qui remonte dans son camion.

Dans la tente, Amaruk se blottit contre Orituk. Suvarak bourre le petit poêle de branchages. Qumak remonte les couvertures sur le corps amaigri de sa mère. Tranquillement, comme s'il essayait d'assoupir un nourrisson, il raconte toute son aventure.

— C'est moi qui ai pris ton contenant de fer. J'ai aussi volé ce qui a disparu du traîneau. J'ai tout donné au pilote perdu. Dans les cieux, il était invulnérable, mais la mort l'attendait sur la toundra. Je voulais qu'il puisse continuer à crever les nuages. Je l'enviais très fort. Quand tu es tombée malade, j'ai compris que les dieux l'avaient mis sur mon chemin, qu'il était écrit que celui qui me devait la vie sauverait la tienne. Frank sait ce qu'il faut faire.

Les autres Blancs le respectent et lui obéissent. Tu seras bientôt guérie!

Deux jours plus tard, un inconnu écarte les pans de la porte de la tente. L'homme est Inuit. Étrangement, la peau de ses joues est percée d'une multitude de cicatrices minuscules.

— Je suis Adami Angnasuk. Le colonel m'envoie examiner la jeune femme, déclare-t-il dans la langue des anciens.

Suvarak autorise immédiatement la consultation, heureux qu'on s'intéresse enfin à son épouse et enthousiasmé par la présence de ce frère guérisseur.

L'infirmier entre, poussant devant lui sa grosse sacoche de cuir. Qumak et son père constatent alors avec surprise que le nouveau venu porte un uniforme.

— Je dois rencontrer les malades et évaluer leur état. Le colonel s'est arrangé pour que les plus atteints soient hospitalisés en Nouvelle-Écosse. Un avion-cargo en partance pour Halifax fera un détour par ici afin de cueillir les patients, raconte Adami.

— Je ne connais pas cet endroit! panique Suvarak. Nous n'y avons aucune famille.

Plaquant de fins instruments sur le torse d'Orituk, l'infirmier se fait rassurant.

— Ne vous en faites pas, votre femme n'aura pas à partir. Elle n'a qu'une primo-infection, accompagnée d'une forte fièvre. Vous avez bien fait de l'amener ici rapidement. J'arrive à temps. Je vais lui faire une piqûre. Faites-la boire beaucoup. Je repasserai demain. De toute manière, je vous garantis que ceux qui partiront reviendront guéris. Vous savez, quand j'étais tout petit, une maladie appelée la rougeole a détruit mon village. Les gens tombaient comme des mouches. Ma peau était couverte de pustules. J'errais seul entre les morts quand des Blancs sont venus. Ils m'ont mis sur un bateau qui partait vers le sud. Làbas, on m'a soigné. Ensuite, je suis allé à l'école pour apprendre la langue des Blancs et leur médecine. Et me voilà de retour, bien vivant!

Suvarak est grandement soulagé. Il lui tarde de retourner à la chasse pour y prendre suffisamment de caribous avant l'hiver. Dès qu'il le pourra, il foncera vers le nord en abandonnant à jamais le campement d'été. Le chasseur préfère oublier cette toundra qu'il ne reconnaît plus. Désormais, Suvarak passera la belle saison sur la banquise fondante, à traquer le morse et le phoque.

Quant à Qumak, il est frappé par une profonde vérité. Le chaman avait raison en affirmant que l'existence des Inuits était liée à celle des Kallunaat. Néanmoins, il avait eu tort d'y voir la fin de l'univers inuit. Malgré le vent de changement remodelant le pays, les

Inuits y ont toujours leur place. Ainsi, tout comme Uppiq, Adami a souffert le martyre pour revenir à la vie avec le don de guérison. Et, aujourd'hui, cet angakuk aux habits kaki manipule seringues et fioles de sérum, tout comme ses ancêtres fabriquaient des décoctions.

Fort de son raisonnement, le garçon sort, son chien sur les talons, pour rejoindre Adami. Celui-ci discute avec le colonel et le lieutenant Welch. Appuyé contre son camion, Frank fume une cigarette en écoutant le rapport de l'infirmier. Amaruk mordille le bras de ce dernier qui l'ébouriffe joyeusement. Qumak remercie tout le monde et demande l'aide de l'infirmier pour traduire ses paroles.

— Dis à Frank que je veux piloter comme lui. Je veux survoler la terre, retrouver les voyageurs perdus, dénicher les hardes de caribous, transporter les malades...

Adami traduit la requête. Frank retire sa casquette, l'enfonce sur la tête du gamin et donne sa réponse à l'infirmier, qui traduit.

— Le colonel dit que tu as prouvé ta valeur. Il ne doute pas que tu puisses être le premier pilote de ton peuple. Il est prêt à te prendre sur la base. Mais il te faudra aussi apprendre à lire et à écrire. Cela demande énormément de patience.

— Mon père est un grand chasseur. Il m'a enseigné la patience. Je n'ai pas peur. Je suis prêt, affirme le garçon.

— Si tu veux, je peux t'inscrire à l'école du village, mais tu devras te séparer de ton père et de ta mère, propose Welch, qui n'a rien perdu du dialogue.

— Je ne suis plus un bébé. Je suis prêt, répète fièrement Qumak.

13

Les adieux

La moitié de l'umiak est déjà à l'eau.
Les vagues le ballottent, comme s'il leur
tardait de l'emporter. Cherchant à re-
tarder l'heure du départ, Orituk remplit
l'embarcation de mille et une choses
qu'elle range avec un soin démesuré.
Grâce à Frank, le canot est chargé de
provisions. Pudiquement, le colonel
attend dans sa camionnette que Qumak
fasse ses adieux aux siens.

Orituk s'avance la première. Sa démarche est encore hésitante et de grosses larmes coulent sur ses pommettes pâlottes. Elle tend à son fils un magnifique manteau en peau de phoque.

— Je t'ai cousu ce vêtement durant ma convalescence. Tu y seras bien au chaud. Prends soin de toi, dit-elle. Respectant les convenances et la tradition, elle s'éloigne rapidement afin de cacher son trouble.

— Je penserai à toi chaque fois que je l'enfilerai, promet Qumak au moment où sa mère prend place dans l'esquif.

Puis, vient le tour de saluer Suvarak.

— Lorsque je te regarde, je me sens aussi ancien que la pierre sur laquelle je me tiens. Je suis trop vieux pour changer. Il me revient de vivre et de mourir comme mon père avant moi. J'ignore ce qui t'attend, toi. Peu importe. Tu es devenu un jeune homme sage et fort. De moi, tu n'as plus rien à apprendre. Je sais que tu feras honneur à tes ancêtres et, quand je serai mort, mon âme dans la brise reconnaîtra ton cœur d'Inuit, volant parmi les Blancs.

Le gamin serre vigoureusement son père en lui murmurant dans le creux de l'oreille :

— Quoi qu'il advienne, sache que je serai toujours Qumak, fils de Suvarak le chasseur.

Le père monte dans l'umiak. D'un coup de rame, il lance le long canot dans la rivière. Sur la rive, Amaruk jappe comme s'il voulait dire au revoir aux voyageurs. Ses cils alourdis de larmes, Qumak ne distingue déjà plus l'embarcation. Derrière lui, se met à ronronner le moteur de la camionnette. Le jeune homme appelle son chien et tous deux rejoignent le colonel.

Le véhicule file vers le village où Qumak devra suivre ses premières classes. Hier encore, il apprenait à pourfendre les neiges éternelles en traî-neau. Bientôt, il survolera la banquise du nord au sud, comme une oie blanche... Car telle est la destinée que les dieux ont rêvée pour lui...

Note de l'auteure

En 1941, les Américains entrent en guerre. Échaudés par l'attaque de Pearl Harbor, les États-Unis craignent une invasion des îles Aléoutiennes par le Japon. Ils décident donc d'occuper l'Alaska qui, jusque-là, avait peu retenu leur attention. De plus, ils obtiennent du Canada l'autorisation de construire différents aéroports et bases militaires sur les territoires actuels du Nunavut et du Nunavik. Ainsi, les Blancs envahissent peu à peu le Grand Nord et précipitent la sédentarisation des populations inuites de l'Arctique.

Au Québec, des milliers de militaires américains rejoignent subitement de petites agglomérations nordiques, telles Fort Chimo (Kuujjuaq) et Poste-de-la-Baleine (Kuujjuarapik). À l'époque, la plupart de ces villages ne sont habités que par des missionnaires, des marchands de la Compagnie de la Baie d'Hudson et des représentants de la Gendarmerie royale du Canada. Peu d'Inuits y résident, la plupart étant encore nomades, chassant sur la banquise durant l'hiver et traquant le caribou sur la toundra pendant l'été. Toutefois, beaucoup s'adonnent au trappage et fréquentent sporadiquement les comptoirs de traite. Grâce à un système de crédit et de jetons, les Inuits s'y procurent du matériel moderne de chasse et de pêche, ainsi que de la nourriture industrielle.

La présence grandissante des Blancs bouleverse ce mode vie plutôt traditionnel. Bientôt, les Inuits succombent massivement aux maladies importées du Sud, dont la tuberculose. Durant les années quarante, ce bacille atteint dans l'Arctique un taux d'infection quinze à vingt fois plus élevé que dans le reste de la population du continent. Cela, alors que le Nord canadien ne compte que deux hôpitaux, avec une capacité de quarante-huit lits.

Ainsi, dans l'espoir d'obtenir des soins, les familles s'implantent près des villages. D'autres y sont tout simplement poussées par la faim car, depuis la guerre, le prix de la peau du renard arctique est en chute libre et les troupeaux de caribous se font de plus en plus rares. En conséquence, un nombre grandissant d'Inuits dépendent de la générosité des Blancs. Les plus démunis tirent leur subsistance des dépotoirs, alors que les plus chanceux décrochent des emplois salariés sur les bases militaires.

Témoins de ce désastre, les Américains dénoncent mondialement la situation en faisant appel aux médias internationaux, dont le magasine *Life*. Le gouvernement canadien prend alors différentes mesures pour venir en aide aux Inuits, en leur donnant un meilleur accès aux écoles et aux services de santé. À partir des années soixante, la majorité des enfants sont scolarisés et les familles installées en permanence dans des corporations nordiques semblables à la plupart des municipalités canadiennes.

Lexique

Amauti : parka traditionnelle des femmes inuites.

Angakuk : mot de langue inuite désignant le chaman, ou le sorcier, qui sait guérir les malades.

Caribou : renne du Canada.

Cache de pierres : tout au long des sentiers par lesquels ils migrent, les Inuits dissimulent de la viande sous des tas de pierres. La nourriture cachée à l'aller est consommée durant le retour.

Comptoirs de traite : lieux de commerce où les Autochtones pouvaient échanger des peaux contre différentes marchandises importées.

Huskies : race de chiens utilisés pour la traction des traîneaux.

Inuit : nom désignant les habitants du Groenland, ainsi que ceux du nord et de l'est du Canada.

Inuksuk : assemblage fait de grosses pierres empilées les unes sur les autres. Ils ont différentes formes et fonctions. Ceux qui ressemblent à des colosses indiquent la direction des terres où l'on chasse le caribou.

Kallunaat: mot inuit signifiant « gros sourcils » ou « sourcils rapprochés », servant à désigner les hommes de race blanche.

Kamutik: mot inuit désignant un long traîneau tiré par des chiens.

Lagopèdes: oiseau semblable à une perdrix et vivant sur la toundra québécoise.

Lampe à graisse: lampe en pierre munie d'une mèche et remplie de graisse animale.

Lemming: petit rongeur nordique, semblable à une grosse souris, vivant en colonies dans des terriers.

Marmettes: oiseau de mer. L'espèce la plus connue, la marmette de Brünnich, est présente un peu partout dans l'Arctique de l'Est. Au printemps, ces volatiles nichent en colonies sur des falaises.

Noroît: vent soufflant du nord-ouest.

Poste-de-la-Baleine: aujourd'hui Kuujjuarapik. Village situé près des communautés actuelles d'Umiujaq et de

Chisasibi, entre la toundra et la forêt boréale.

Toit du monde: on surnomme «toit du monde» l'ensemble des régions circumpolaires du globe.

Toundra: zone située en climat froid sur laquelle ne poussent que peu d'herbe, des mousses, des lichens, ainsi que des arbres nains.

Tuberculose: maladie infectieuse et contagieuse s'attaquant aux poumons.

Tupik: pour les peuples de l'Arctique québécois, le tupik est une tente en peaux de caribous qui remplace l'iglou durant la saison estivale.

Umiak: sorte de long canot fait de peaux de phoques ou de morses. Durant les migrations saisonnières, il sert à transporter sur l'eau les familles, leurs chiens, leur tente et leur paquetage. On l'utilise parfois pour la chasse.

Table des matières

Geneviève Mativat

Juriste et ethnologue, Geneviève Mativat collectionne aussi bien la jurisprudence canadienne en matière de droits ancestraux que les comptes rendus de mythes inuits et amérindiens. Avec talent et sensibilité, elle ouvre, dans *Le dernier voyage de Qumak*, une page méconnue de l'histoire tumultueuse des Blancs et des Inuits. Fille de deux écrivains, Geneviève a déjà écrit en duo avec sa mère, Marie-Andrée Boucher Mativat. Son premier livre en solo, *Épit et le géant*, a été publié dans la collection Safari. Elle demeure à Laval.

Derniers titres parus dans la
Collection Papillon